CLAIRE FRANEK

el desastre

EDICIONES EKARÉ

Todo empieza con un accidente.

Y de repente hay un tráfico insoportable,

UNA PALA MECÁNICA

Y HUECOS
POR TODAS PARTES.

BRRRR

VRRRR

PELIGR

En ese momento llega la policía

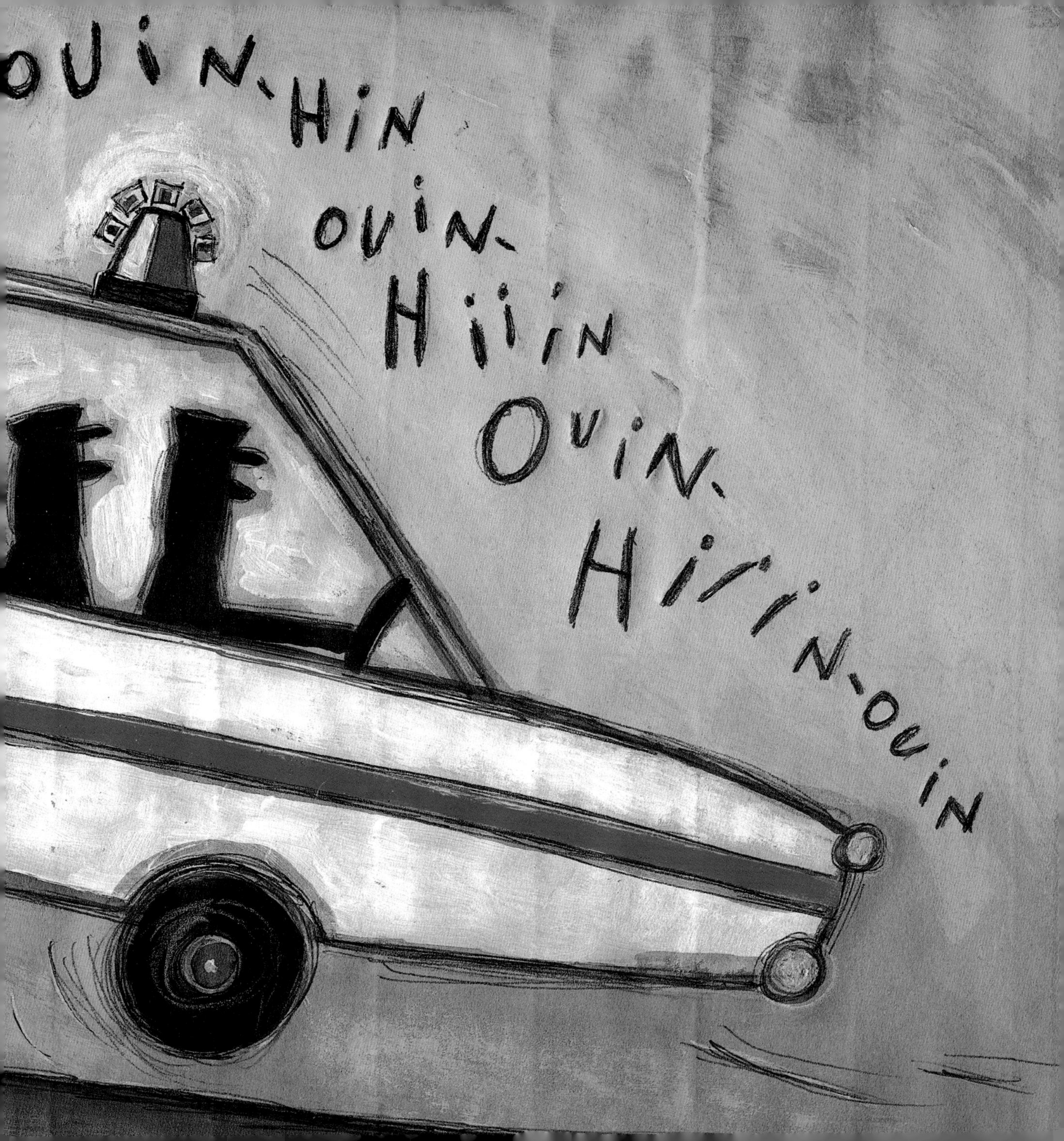
OUIN-HIN
OUIN-
HIIIN
OUIN-
HIIIN-OUIN

con la grúa

MUT-MUT-MUT-MUT
Grúas ALÓ
Remolques
WIN-HIN
WII-HIN
WIN-HINN
AMBULANCIAS CRISTAL AZUL
24 h / 24

y todo se pone muy oscuro.

Un tren se atasca en el puente.

Los animales se asustan

BII-BIII
RRRHiii
ULANCIAS
Sur 24
rgencias
50
TU
HIIII
MUT
TUT
RGA
IRLE
263 0080
2 263 0091
12 263 1058

PERO LA APLANADORA
ES MÁS FUERTE
QUE EL ELEFANTE… LO EMPUJA

y el elefante aplasta todo:
los autos,
la gente
y los animales.

y cae sobre el puente que también se derrumba,
y el túnel también,
Y TAMBIÉN LA AUTOPISTA.

Y entonces…

...SI SÓLO ES UN JUEGO...

EDICIONES
ekaré

Traducción: Teodora Muchiz

Segunda edición, 2005

©2000 Claire Franek
©2002 Ediciones Ekaré

**Edif. Banco del Libro, Av. Luis Roche,
Altamira Sur. Caracas 1062, Venezuela
www.ekare.com**

ISBN 980-257-270-5
HECHO EL DEPÓSITO DE LEY
Depósito Legal lf15120018001830
Impreso en Caracas por Editorial Arte